EL INVIERNO MÁS LARGO

RSA
PRODUCTIONS

EL INVIERNO MÁS LARGO

Por T. Bradley © Copyright reservado 2021 - / TheLongerWinter.com

Allí una vez fue una familia de pájaros llamados los Robinson. Vivían en el Bosque Nacional, en lo alto de los árboles, donde vivían otras familias de aves. Residían en un vecindario familiar normal de aves en una ciudad familiar normal de aves.

Había un padre llamado Henry, una madre llamada Mary, un hermano adolescente llamado Christopher, Chris para abreviar, una hermana pequeña llamada Nicole y un hermanito llamado Danny.

Un frío y ventoso día de otoño, cuando las hojas estaban en sus colores de otoño completos, Henry estaba afuera hablando con el capataz de Pelican Moving Company, un mono llamado Sr. Bob.

"Me gusta la caída especial de movimiento que tienes", Henry le dijo al Sr. Bob mientras le entregaba su tarjeta de crédito. "Ayuda mucho".

"Sí", dijo Bob, deslizando la tarjeta de crédito en su tableta y dándole a Henry el recibo. "Tenemos muchos interesados en este especial".

El Sr. Bob vio a dos monos que sacaban bolsas de la casa de los Robinson y las empacaban en la espalda de los pelícanos.

"Asegúrese de que las correas estén apretadas", gritó Bob a los monos. "Mire el peso y asegúrese de ponerse una correa adicional".

Uno de los monos saludó al Sr. Bob y todos volvieron al trabajo.

Christopher estaba dentro de su habitación jugando videojuegos con sus auriculares puestos mientras su padre trabajaba con el Sr. Bob. Sus amigos en línea hablaban a través de sus auriculares sobre ir a una fiesta en la playa, pero Chris estaba concentrado en el juego de misiones del ejército que estaban jugando.

"Hola, Jimmy", advirtió Chris a su amigo, "cuida tu flanco, vi a alguien allí".

"Lo tengo", dijo Jimmy.

"Hola, chicos!" La voz de una niña gritó por los auriculares. "Me estoy quedando sin munición".

"Te daré un poco del mío, Chrystal", ofreció Chris.

"Una caja de granadas cubiertas de chocolate, también". Jimmy bromeó.

"Cállate, Jimmy", dijo Chris. Sabía que su amigo solo lo estaba molestando por agradar a Chrystal y no decírselo, pero aún así lo molestaba.

"Ok, todos", dijo David. "Esté atento a los francotiradores".

Un segundo después, los disparos salieron disparados del juego, con francotiradores disparando contra Chris y sus amigos, y su grupo disparando de vuelta.

"Chris! Christopher! ", Gritó Henry desde la puerta de Chris. "Oye, deja de jugar ese juego y ven a ayudarme a subir al otro lado de la casa".

Chris extendió la mano y se quitó un auricular para escuchar mejor a su padre. "Ok papá, déjame terminar esta última vida".

Su padre se cruzó de brazos y dijo: "Ok, esto no debería tomar mucho tiempo".

Chris murió de inmediato y su padre se echó a reír antes de salir.

"Me tengo que ir, muchachos", dijo Chris en sus auriculares. "Mi papá quiere que ayude a arreglar la casa antes de partir para el invierno".

"Christopher D. Robinson!" Chris escuchó a su padre gritar.

"¡Ya voy!" Chris colgó a sus amigos y salió corriendo de su habitación. Se tropezó con uno de los juguetes para bebés de Danny y cayó en un balde de agua jabonosa que su madre estaba usando para limpiar los pisos.

Las burbujas salieron de su cabeza y el bebé Danny explotó una de ellas y se echó a reír.

Su papá lo vio y se rió mientras ayudaba a Chris a levantarse. "Pongámonos a trabajar."

Chris y su papá salieron al porche y comenzaron a subir las ventanas.

"¿Papá?", Dijo Chris, queriendo hacerle una pregunta a su papá sobre las chicas que se había estado preguntando por un tiempo. "¿Cómo sabías que mamá era la indicada?"

"Bueno, Chris", dijo su padre. "Tu madre fue animadora del equipo de fútbol de los Blue Jays en la escuela secundaria. Yo era el gerente / chico del agua del equipo y me equivocaba cada vez que ella venía".

Chris se rió de la imagen de su torpe padre y su madre animadora. Sabía que se conocieron en la escuela secundaria, pero nunca había pedido la historia completa.

"Ambos vimos algo el uno en el otro entonces, y eso fue todo. No te preocupes, hijo. Lo sabrás cuando lo sepas, pero si alguna vez necesitas algún consejo sobre algo, Chris, estoy aquí para ayudarte ".

"Lo sé, papá. Gracias. Chris dijo.

"No hay problema". Terminaron de colocar tableros en una de las ventanas y se trasladaron a otra, y el padre de Chris cambió la conversación. "Su licencia ya llegó por correo?"

"Todavía no", dijo Chris nerviosamente. "Pero UPS lo está entregando hoy".

"Bien, bien", dijo papá. "Porque sabes que no puedes viajar sin él".

"Lo sé, lo sé", dijo Chris. "El seguimiento en línea lo dice hoy".

"Bien", respondió su padre.

Chris fingió una sonrisa, pero se sintió culpable por no decirle la verdad a su padre. Se había saltado todas sus lecciones de vuelo para jugar torneos de videojuegos en la tienda de videos del centro comercial.

Para distraerse, echó un vistazo más de cerca al sistema de polea eléctrica con un accesorio de canasta que su padre había diseñado. "Para qué usas la polea principalmente?", Preguntó.

"Bueno", dijo su padre. "Lo uso para subir mis herramientas a lo alto de los árboles para trabajar en la red eléctrica y bajar hasta el borde de la niebla debajo. Intento no usarlo nunca para pasar por debajo de la niebla, a menos que sea una emergencia ".

Chris miró por el costado del porche y vio la niebla debajo de las ramas más bajas. "Qué hay ahí abajo?"

La cara de su padre se puso seria. "Nunca bajes allí! Ese no es un lugar para nosotros ".

"Por qué? Qué hay debajo de la niebla?

"Las fuerzas del mal se ciernen allí", dijo su padre, con voz tranquila, casi como si tuviera miedo de ser escuchado. "Criaturas largas y viscosas con grandes colmillos que comen todo a la vista, incluidas las aves".

"Alguna vez has estado allí?"

"NO! Pero hemos tenido vecinos que se aventuran allí, para nunca volver; el consejo de ancianos ha escrito historias sobre Down Down ".

Chris se rió de la imagen de su torpe padre y su madre animadora. Sabía que se conocieron en la escuela secundaria, pero nunca había pedido la historia completa.

"Ambos vimos algo el uno en el otro entonces, y eso fue todo. No te preocupes, hijo. Lo sabrás cuando lo sepas, pero si alguna vez necesitas algún consejo sobre algo, Chris, estoy aquí para ayudarte ".

"Lo sé, papá. Gracias. Chris dijo.

"No hay problema". Terminaron de colocar tableros en una de las ventanas y se trasladaron a otra, y el padre de Chris cambió la conversación. "Su licencia ya llegó por correo?"

"Todavía no", dijo Chris nerviosamente. "Pero UPS lo está entregando hoy".

"Bien, bien", dijo papá. "Porque sabes que no puedes viajar sin él".

"Lo sé, lo sé", dijo Chris. "El seguimiento en línea lo dice hoy".

"Bien", respondió su padre.

Chris fingió una sonrisa, pero se sintió culpable por no decirle la verdad a su padre. Se había saltado todas sus lecciones de vuelo para jugar torneos de videojuegos en la tienda de videos del centro comercial.

Para distraerse, echó un vistazo más de cerca al sistema de polea eléctrica con un accesorio de canasta que su padre había diseñado. "Para qué usas la polea principalmente?", Preguntó.

"Bueno", dijo su padre. "Lo uso para subir mis herramientas a lo alto de los árboles para trabajar en la red eléctrica y bajar hasta el borde de la niebla debajo. Intento no usarlo nunca para pasar por debajo de la niebla, a menos que sea una emergencia ".

Chris miró por el costado del porche y vio la niebla debajo de las ramas más bajas. "Qué hay ahí abajo?"

La cara de su padre se puso seria. "Nunca bajes allí! Ese no es un lugar para nosotros "Por qué? Qué hay debajo de la niebla

"Las fuerzas del mal se ciernen allí", dijo su padre, con voz tranquila, casi como si tuviera miedo de ser escuchado. "Criaturas largas y viscosas con grandes colmillos que comen todo a la vista, incluidas las aves".

"Alguna vez has estado allí"

"NO! Pero hemos tenido vecinos que se aventuran allí, para nunca volver; el consejo de ancianos ha escrito historias sobre Down Down ".

"No sé", dijo su madre con incertidumbre.

"Tu mamá y yo hablaremos sobre eso. Te avisaremos más tarde ".

"Ok", dijo Chris con una sonrisa.

Más tarde esa noche, Henry y Mary estaban solos en su habitación. Henry estaba sentado en la cama leyendo un libro, con las gafas en lo alto de su pico. Mary se sentó a su mesa de maquillaje, examinándose en el espejo.

"Entonces", dijo Mary, "Crees que sería una buena idea si él va solo?"

"Bueno, llegó a algunos puntos realmente buenos de por qué deberíamos dejarlo", dijo Henry.

"Creo que estoy de acuerdo. Él está creciendo", dijo Mary.

"Lo es", respondió Henry.

Mary dejó escapar un suspiro. "Entonces lo dejamos volar solo", dijo.

Oyó el sonido familiar de los pies de su hijo mayor que bajaban por el pasillo. "Chris, ven aquí por un minuto", llamó.

Él apareció rápidamente en su habitación.

"Papá y yo lo hablamos y decidimos dejarte hacer esto. Puedes volar solo con tus amigos.

Chris saltaba de un lado a otro con entusiasmo, sus alas batían a sus costados.

"Gracias mamá y papá, no te defraudaré!"

"Mejor no", advirtió su padre.

Al día siguiente, el resto de la familia de Chris estaba lista para partir. Sus padres estaban todos cargados, todo el equipaje que necesitaban llevar atado a la espalda de su padre; el bebé y la hermana pequeña de Chris, Nicole, que llevaba su propia mochila rosa, asegurada en la espalda de su madre.

Sin embargo, tenían algunas palabras que decirle antes de irse. "Asegúrate de cerrar la casa con llave antes de salir y ten cuidado de viajar", aconsejó su padre.

"Y dime otra vez exactamente lo que estás haciendo", exigió su madre.

"Me voy en tres horas", le dijo Chris. "Me reuniré con mis amigos, volaré a Orlando por dos días y luego los conoceré en Miami".

"Espera, sabes cómo volar?", Preguntó su madre. "No te he visto volar todavía; Terminaste tus exámenes de vuelo?

Chris asintió con entusiasmo. "No te preocupes, lo tengo todo bajo control. Soy genial volando ". Soy un as! "

"Oh, está bien", dijo su madre.

"Confío en ti para hacer lo que se supone que debes hacer", le dijo el padre de Chris con seriedad.

"Voy a. Está bien papá. Que te diviertas. Estaré allí en un par de días ".

Las aves de las casas vecinas despegaban, una bandada entera de ellas, y los padres de Chris volaron para unirse a ellos en el viaje hacia el sur.

Tres horas después, Chris estaba en el porche hablando por su teléfono celular con uno de sus amigos, finalizando sus planes.

"Chris, vas a reunirte con nosotros o qué? Volaremos si estás aquí o no en unos 30 minutos ", dijo Jimmy.

"Estaré allí, estaré allí", respondió Chris y colgó su teléfono celular. Se la guardó en el bolsillo. Siguiendo las instrucciones de su padre para cerrar todo, se paró en el porche, listo para volar. "Ok, puedes hacer esto", se dijo. "Aquí vamos!"

Retrocedió un poco para comenzar a correr, luego salió corriendo del porche y comenzó a volar.

Si se siente bien tener el aire bajo sus alas. "Oh, esto es fácil", dijo Chris, sorprendido.

Cómodo, detuvo el aleteo de sus alas y cayó rápidamente hacia y a través de la niebla de abajo.

"No, no, no", dijo. Agitó sus alas rápidamente otra vez en pánico, tratando de volar de nuevo, pero no pudo. Golpeó el suelo con fuerza.

Luchó por sentarse, aturdido y confundido por lo que acababa de suceder. Estaba oscuro aquí abajo, bajo la niebla. Él ve la luz del teléfono celular que se cayó de su bolsillo durante la caída al suelo, y la agarró para pedir ayuda. El mensaje de "no servicio" que parpadeaba en la pantalla fue casi suficiente para hacerle tirar el teléfono inútil, pero lo guardó en su bolsillo por si acaso.

Miró a su alrededor y le pareció que a través de la niebla podía ver ojos brillantes.

Él comenzó a temblar.

Lentamente, tres figuras emergieron de la niebla. Un conejo, una ardilla y un ciervo, pensó. Había visto ardillas antes, en los árboles, pero a los otros dos los reconoció solo por las historias.

"Hola?" Chris dijo vacilante.

"Hola", respondió el conejo. "Mi nombre es Jack. Este es Billy ", dijo con un movimiento de cabeza hacia la ardilla," y Emily ".

Chris comenzó a respirar un poco más fácil. Su padre había dicho que todo bajo la niebla quería comerlo, pero estos tres no parecían demasiado peligrosos.

"Qué haces aquí abajo?", Preguntó Jack.

"Me resbalé?" Chris sugirió.

Jack y los demás lo miraron de reojo, como si no le creyeran del todo. "Pero eres un pájaro", dijo Billy. "Las aves no vienen aquí ..."

"Lo sé", dijo Chris a la defensiva, irritado con la ardilla. "Lo sé. No puedo volar Eres feliz ahora?"

"No puedes volar?", Preguntó Billy. "Bueno, eso no tiene ningún sentido. Todos los pájaros que he visto pueden volar ".

"No fui a la clase de vuelo. Me salté un poco y jugué videojuegos".

"Wow", dijo Emily. "Un pájaro que no puede volar. Quién lo hubiera pensado alguna vez?

Chris se levantó y se sacudió el polvo. "Sé que sé."

"Ok, vámonos", dijo Jack.

"A dónde van chicos?", Preguntó Chris, no queriendo quedarse solo.

"El río. Los gemelos vuelven a hacerlo. Jack dijo.

"Los gemelos?" Chris respondió.

"Sí", dijo Billy. "Son un par de castores los que realmente lo hacen cuando están construyendo cosas". Se rió. "Verás."

Los otros comenzaron a irse y dirigirse hacia el río, pero Chris dudó, volviendo a mirar el árbol hacia su casa, deteniéndose un poco.

"Vamos", dijo Emily.

En el río, Chris vio a los castores a los que los demás se referían como los gemelos discutiendo mientras trabajaban en la construcción de un puente.

Chris se inclinó y le susurró a Emily: "Por qué se llaman gemelas, cuando hay tres?"

"No preguntes", le dijo Emily.

"Esto está apagado!", Dijo el castor que parecía estar a cargo. "Incluso miraste los planos?"

"Amigo, Al, somos castores! En serio? "Argumentó el otro castor.

"Hola, muchachos", dijo Billy a los castores. "Supongo que no preguntaré cómo va el proyecto, pero ... tenemos un invitado".

"Él es de las copas de los árboles", agregó Emily.

"En serio?", Preguntó el castor principal. "Qué estas haciendo aquí? Tu tipo NUNCA baja aquí.

"Bueno, es una larga historia", dijo Chris con tristeza.

"Y una larga caída", agregó Jack, riendo.

Los castores los miraron a los cuatro como si no lo hubieran entendido. Sin embargo, no esperaron mucho antes de que el castor principal les gritara a los otros dos: "Ok, de vuelta al trabajo".

"Muy bien, vamos chicos", dijo Billy. "Dejémoslos trabajar y diríjase al festival".

"Qué es eso?", Preguntó Chris.

"Es una gran reunión al aire libre, como una feria callejera", le dijo Emily.

"Sí, con mucha buena comida", agregó Billy.

Jack saltó delante de los castores. "Ok amigos, nos pondremos en contacto con ustedes más tarde. Quieres que te traigamos algo de comida?

"No", dijo Al. "Está bien, vamos a llegar en breve".

"Pero sálvame una oreja de elefante o dos", preguntó un castor diferente.

El líder miró a su gemelo ... trío? -bruscamente. "En serio, Adam, una oreja de elefante? Un castor comiendo una oreja de elefante?

"Sí, qué tiene de malo eso?", Preguntó Adam.

"No puedes ver el oxímoron en eso?", Respondió Al.

"Eres un imbécil", dijo Adam.

Los dos comenzaron a luchar y se cayeron del tronco en el que estaban parados con un chapuzón en el agua.

"Te veremos más tarde!" Jack gritó alegremente antes de saltar al bosque, sus amigos y Chris siguieron detrás de él.

Se encontraron con otros animales en el camino, el primero una serpiente.

"Es una serpiente!", Dijo Chris con miedo, recordando a su padre advirtiéndole de las criaturas largas y viscosas con colmillos que esperaban para comerlo bajo la niebla.

La serpiente saltó, mirando a su alrededor como si temiera la advertencia de Chris.

"Eso es solo Sammy", le tranquilizó Jack.

Chris miró más de cerca a la serpiente, inseguro, pero Sammy no parecía tan aterrador. Llevaba gafas grandes y un sombrero multicolor, acompañado de una hermosa mariposa.

"A dónde se dirigen ustedes?", Preguntó la mariposa, su voz susurrante suave, como sus delgadas alas de papel.

"Apuesto a que irán a la feria", dijo Sammy.

"Sí, lo estamos", confirmó Emily. Miró a Chris, que parecía abrumado. "Chris, esta es Mya", dijo, presentando a la mariposa. "Has conocido a Sammy. Son nuestros amigos ".Chris asintió con la cabeza.

"Van a ir a la feria?", Emily preguntó a Sammy y Mya.

"Sí, lo somos, pero es mejor que tengas cuidado con los Braxton Boys".

"Quiénes son los Braxton Boys?", Preguntó Chris, sin saber cuánto más podría soportar su cerebro.

Mya voló y aterrizó delicadamente frente a Chris. "Los Braxton Boys son tres de los lobos más malvados que jamás conocerán", dijo, la advertencia áspera que suena extraña proviene de su voz suave y tenue. "Kano, Jake y Markus. Si alguna vez los ves, es mejor que corras, porque de lo contrario te convertirás en cena ".

"Sí, no son buenos", confirmó Billy.

"Oh". Chris tragó saliva audiblemente.

De repente, un erizo surgió del suelo. "Sí, sí, NO son buenos!"

Chris saltó hacia atrás, con el corazón palpitante al ver a la criatura de punta.

"Pete, estás espiando otra vez?" Mya la reprendió.

"No, no", respondió Pete, sus palabras casi tropezando entre sí en su velocidad. "No haría eso, no yo, no".

Todos se rieron un poco y continuaron hacia la feria. Jack saltó, Emily caminaba tranquilamente a su lado. Billy se movió apresuradamente, su camino zigzagueando, corriendo a mitad de camino lado de los árboles al azar antes de volver a unirlos en el suelo. Pete siguió con un rápido golpeteo de pequeños pies, con Sammy deslizándose lentamente hacia atrás y Mya deslizándose casi perezosamente sobre sus delgadas alas.

Chris luchó por mantenerse al día, sus garras torpes en el suelo del bosque mientras caminaba y saltaba alternativamente.

Arriba en una colina cercana, tres lobos miraban hacia los árboles. El líder, Kano, se lamió los labios.

"Parece que la cena será buena esta noche", dijo a sus hermanos menores. "Verdad, Jake?"

Jake saltó y se retorció: "Sí, sí, la cena será buena esta noche".

"Estoy con eso", agregó el tercer hermano, Markus.

Comenzaron a bajar la colina hacia los otros animales, rastreándolos para una emboscada posterior.

De vuelta en el bosque, Chris y sus amigos se estaban acercando al borde, donde les esperaba un claro con hierba y flores. Chris había encontrado la solución para mantenerse al día con la pandilla montando en la espalda de Emily, y Mya cabalgó sobre la cabeza de Emily.

"Así que déjame aclarar esto", dijo Mya. "No puedes volar? Eres un pájaro, verdad?

"Sé que sé. Me salteé esas lecciones ", dijo con culpabilidad.

"Lecciones? No saben las aves simplemente volar naturalmente? "

"Nosotros no", dijo Chris. "Se necesita mucho trabajo para aprender a recuperar el equilibrio y realmente volar".

"Wow", dijo Mya.

"Piénsalo, no soy como tú", dijo Chris. "Comienzas como una cosa y te conviertes en otra. No podías volar antes, y ahora puedes. Pero incluso después de que volviste a nacer, todavía te tomó un minuto conseguirlo, verdad?

"Cómo sabes todo eso?", Preguntó Mya.

"Lo aprendí en la escuela", dijo Chris. "No me salté todas mis lecciones".

"Eso es bueno", dijo Mya. "Pero eres mayor de un minuto. Por qué te tomó tanto tiempo aprender? "

"Tienes un punto", dijo Chris.

"No te preocupes", le aseguró Mya en su susurro. "Llegarás ahi."

Los animales circundantes intervinieron con sus propias garantías para el petirrojo castigado. Al borde del bosque, bloqueando al grupo del claro, había árboles caídos. Estaban tan apilados que ni Emily podía verlos.

Billy trepó a la cima de los árboles caídos con facilidad, y Pete pasó a la clandestinidad para aparecer al otro lado. Emily, con Mya y Chris a sus espaldas, Jack y Sammy se dirigieron a la izquierda para rodear la pila de árboles, hasta que Billy y Pete aparecieron de nuevo a su lado.

"Los Braxton Boys están del otro lado!", Gritó Billy. "Correr!"

El grupo se volvió para comenzar a correr por donde habían venido, pero los muchachos de Braxton deben haberlos escuchado.

"Vamos, muchachos", la voz profunda y ronca de Kano llegó desde el otro lado de los troncos de los árboles.

Todos corrieron, Emily al frente, Chris agarrándose fuertemente de su pelaje con los pies. Jack fue igual de rápido, cada salto lo envió volando más abajo del claro. Los otros estaban muy cerca, pero cuando Chris se volvió, vio que los Braxton Boys habían llegado alrededor de los troncos y ahora estaban del lado del obstáculo.

"Tráelos!" Aulló Kano.

Llegaron al río mucho más rápido de lo que Chris había creído posible, saltando y cayendo libremente en el agua agitada justo antes de que los lobos pudieran alcanzarlos.

Los dientes de Kano se cerraron justo detrás de la pata trasera de Emily, y su impulso lo llevó un poco por encima del borde antes de que sus hermanos lo agarraran y lo tiraran hacia atrás.

"Vamos", dijo Kano. "Los llevaremos río abajo".

Los lobos comenzaron a regresar a la línea de árboles y río abajo a un lugar donde la orilla del río no era tan empinada.

Abajo, en el río, el grupo llegó a un trozo de madera flotante y plano en el que todos podían subirse. Chris, que era un extraño en el río, se vio casi arrastrado por las fuertes corrientes por la espalda de Emily. Sintió un tirón en el bolsillo y miró hacia abajo para ver su teléfono celular deslizarse, arrastrado por la fuerza del río. Lo agarró, pero estaba fuera de su alcance. Observó impotente cómo se arremolinó río abajo antes de darse por vencido y saltar sobre la cabeza de Emily, luego sobre el pedazo de madera.

15

Los castores deben haberlos visto camino a la feria. Caminaban en fila, Al a la cabeza, cuando miraron hacia el río y notaron al grupo. Detuvo a sus hermanos y todos saltaron a la acción, apresurándose a bajar río abajo del grupo y moviendo árboles para ayudarlos a dirigirlos hacia el lado derecho del río.

El grupo saltó de su flotador improvisado y llegó al otro lado del río, agradecido por la ayuda de los castores y temblando de su llamada cercana con los Braxton Boys.

Cuando comenzaron a caminar por el bosque nuevamente, una vez más se dirigieron hacia la feria de otoño, la última vez que muchos de los animales en el bosque se verían antes de hibernar durante el largo invierno, los Braxton Boys encontraron un árbol caído que cruzaba el río. La caza era más difícil en el invierno y esperaban una buena cena en un día justo. Mientras que el resto de los animales llegaron a la seguridad de la feria, los Braxton Boys observaron desde el borde del bosque, babeando por la idea de comerlos a todos para la cena.

Más tarde esa tarde, Chris y su grupo de amigos se vieron obligados a decir adiós.

"Será divertido ver que el lugar se convierta en un paraíso invernal, pero necesitaremos mucha comida para pasar el invierno hasta la primavera", dijo Jack.

"No necesito demasiado", dijo Sammy. "Pero puedo ayudarte a encontrar algunas".

"Soy bastante bueno para construir cosas y esconder nueces en ellas", ofreció Billy.

"Deberíamos estar bien", dijo Pete.

Chris tenía una expresión preocupada y Emily lo miró con empatía. "No te preocupes, estaremos bien". Emily se volvió para dirigirse al resto del grupo. "Qué tal encontrar una cueva?", Sugirió. "Hay algunos muy buenos cerca de la gran colina. Hace un poco de calor desde la montaña ".

Todos parecían estar de acuerdo con la propuesta de Emily.

"Gran idea", dijeron Pete y Mya.

"Esta será la primera vez que vea nieve", dijo Chris, cada vez más entusiasmado con la perspectiva.

"Nunca has visto nieve antes?", Preguntó Jack.

"Es un pájaro", dijo Emily. "Van al sur para el invierno".

"Solo leo sobre eso en los libros; esto va a ser divertido ", dijo Chris.

El grupo encontró una cueva lo suficientemente grande como para que todos pudieran caber y construyó un porche cubierto frente a ella para que pudieran pararse y ver la nieve del invierno sin que cayera sobre sus cabezas.

Todos comenzaron a recolectar alimentos excedentes para el invierno, emocionados y felices por la aventura por venir.

No podían saber que este sería uno de los peores inviernos en mucho tiempo. Cuando comenzó a llover, se reunieron adentro y lo observaron, felices de estar secos y juntos.

Mientras estaban acurrucados en la puerta principal de la cueva, oyeron una voz profunda detrás de ellos.

"Qué estamos viendo?" Preguntó la voz.

Todos se giraron para mirarse. "Quién dijo eso?", Preguntaron.

"Quiero ver", dijo la voz profunda. "Muevase a un lado."

Sin mirar atrás para ver quién había hablado esta vez, todos comenzaron a salir corriendo de la cueva bajo la lluvia. Una vez que obtuvieron lo que pensaban que era una distancia segura, miraron hacia atrás para ver un pequeño oso emerger de la cueva.

"Ustedes me despertaron", acusó.

"Qué haces aquí?", Preguntó Jack.

"Yo vivo aquí. Estaba durmiendo. Hibernando? "Dijo el oso.

"Dónde están tus padres?", Preguntó Emily, porque el oso no parecía lo suficientemente grande como para estar solo, incluso si su voz era profunda.

"Se fueron hace un tiempo y nunca regresaron", dijo el oso con tristeza.

"Eso es triste", dijo Billy, mirando a su alrededor en busca de otros osos. "Crees que pueden volver?"

"Quizás algún día, no lo sé. Pensé que podía irme a dormir y que estarían aquí cuando despertara ".

"Lamento haberte despertado", dijo Pete.

EL INVIERNO MÁS LARGO

"Está bien", dijo el oso. "Me estaba sintiendo solo de todos modos". Hizo una pausa. "Mi nombre es Bobby". Otra pausa. "Estoy realmente hambriento; Ustedes tienen algo de comida?

Como en respuesta, aparecieron los castores, tirando detrás de ellos una tabla cargada de pescado para comer durante el invierno. Todos se giraron para mirar la recompensa.

"Sí!" Bobby vitoreó. "Me encanta el pescado."

Esa noche dentro de la cueva, se sentaron alrededor del fuego que Bobby había encendido, cocinando su pescado en palos que los castores habían cortado.

"Cómo sabes cómo hacer eso?" Billy le preguntó al oso.

"Justo antes de que mi padre se fuera a buscar comida para el invierno, mis padres me enseñaron cómo hacer esto", dijo Bobby, girando su bastón de manera experta para que el pescado se cocinara en ambos lados como le habían enseñado sus padres. "Empezaron a enseñarme a pescar también, pero no tuvieron la oportunidad de terminar".

"Dijiste justo antes de que tu papá se fuera?", Preguntó Jack. "Qué tal tu madre?"

"Aproximadamente un día después de que papá se fue, mi madre y yo estábamos aquí en la cueva hablando cuando escuchamos un ruido extraño desde afuera. Era un sonido gruñido, y ella me dijo que me quedara aquí adentro mientras miraba alrededor. Escuché hablar, era una manada de lobos.

"Los Braxton Boys!", Dijo Al.

"Me querían, pero mi mamá dijo que no, y cuando intentaron entrar, mamá los rechazó y todos trataron de atacarla. Estaba muy asustado. Me gritó que me escondiera y luché con ellos y los persiguió de vuelta al bosque. Deben haberla atrapado ... La escuché hacer este sonido que nunca olvidaré, y luego se hizo el silencio ...

Me quedé dentro y lloré, esperando que volviera, pero nunca lo hizo, así que me quedé dormida y luego los escuché ".

"Wow, lamento que te haya pasado", dijo Chris.

"Gracias", respondió Bobby.

Afuera, la lluvia se convirtió en nieve, y todos estaban sorprendidos y entusiasmados por los gordos copos blancos. Chris se sorprendió, y se levantó del fuego para mirar más de cerca.

"Esto es nieve?", Preguntó. "Duele?"

"No! Es divertido ", dijo Billy.

Los gemelos comenzaron a reír y correr. "Sí, es genial!"

"Sí, es-" una bola de nieve golpeó a Sammy en la parte posterior de la cabeza "genial", terminó. Ahora Snow cubría su sombrero multicolor y salpicaba sus lentes.

Uno de los castores, Aiden, arrojó otra bola de nieve a Sammy, riéndose mientras otros se unían a la pelea de bolas de nieve.

Sammy se asoció con Chris, haciendo rodar las bolas con su cola para que Chris pudiera tirarlas.

En la colina, sin ser vistos por los niños que se reían, los hermanos Braxton observaban hambrientos

Nevó toda la noche, pero el fuego en la cueva mantuvo a los niños calientes mientras dormían. Por la mañana, Jack se sentó con un bostezo. "Chico, me siento bien. No he dormido tan bien en mucho tiempo ", dijo.

"Sí", estuvo de acuerdo Pete. "Eso estuvo bastante bien".

Jack sacó un cepillo de dientes de su bolsillo y se dirigió en la dirección que lo llevaría fuera de la cueva. Con los ojos entreabiertos, no vio la montaña de nieve hasta que entró y la atravesó hasta los oídos.

Dio un grito y los gemelos salieron, caminando con cuidado sobre la nieve para no caerse.

Alex agarró a Jack por las orejas y tiró; Una vez que el conejo estuvo fuera, comenzó a escupir nieve.

"Tienes que vigilar tu paso allí, jefe", dijo Alex.

"Gracias", dijo Jack, completamente despierto después de la llamada cercana.

"He visto esto antes cuando era un cervatillo", dijo Emily. "Es sólo el comienzo. Necesitamos refugiarnos y prepararnos. Ves esas nubes allá arriba? Todos miraron hacia las oscuras nubes negras que se formaban en el cielo de la mañana. "Está viniendo."

"Em, por qué estás aquí con nosotros?" Chris le preguntó a Emily mientras se sentaba en su espalda, vigilando por más comida mientras caminaba por el bosque. "No tienes familia con la que estar?" La nieve se había convertido en lluvia, y Chris se resignó a las plumas mojadas por el resto del día.

"En realidad, no. Mis padres fueron asesinados por cazadores la primavera pasada. He estado solo desde entonces ".

"Vaya, ¿viste que sucedió?", Preguntó.

Emily asintió con la cabeza. "Yo si. Estaba de vuelta en la línea de árboles cuando sucedió, pero no había nada que pudiera hacer ".

Emily dio otros pasos a través de la nieve que rápidamente se estaba volviendo fangosa. Sin previo aviso, el suelo cedió bajo sus pies y cayó en una profunda trampa para cazadores. Ella trató de salir por el costado del hoyo, pero la tierra se había convertido en barro por la lluvia y sus cascos seguían resbalando.

La lluvia cambió de llovizna a aguacero, haciendo que el agua llene el agujero cada vez más rápido.

"Qué vamos a hacer?", Preguntó Chris en pánico. Él saltó de la espalda de Emily a su cabeza, tratando de ver por el agujero.

"Depende de usted obtener ayuda", dijo Emily. "No puedo salir".

Chris saltó y agitó sus alas vigorosamente, pero cayó de nuevo. Intentó volar una y otra vez, finalmente soltando un grito de frustración mientras volvía a caer en el agujero.

"Lo siento", dijo Chris, casi llorando.

"Está bien", dijo Emily. "Lo intentaste". Su voz estaba tan llena de comprensión. "Tal vez es solo mi tiempo".

Chris sacudió la cabeza, molesto consigo mismo porque a causa de él, Emily estaba atrapada en este agujero sin forma de salir. Intentó volar de nuevo, batiendo sus alas cada vez más fuerte, y luego ... estaba volando!

Voló fuera del agujero y miró a Emily, que parecía tan sorprendida como él.

"Ve, Chris, ve!", Gritó ella.

"Vuelvo enseguida; Conseguiré ayuda. Espere!"

"Date prisa", dijo Emily en voz baja mientras miraba a su alrededor a su sombría situación. Poco después escuchó un sonido familiar y levantó la vista para ver los ojos brillantes de los Braxton Boys observándola.

"Finalmente tenemos una cena de venado", dijo Jake.

"Sí, sí, ya era hora", dijo Markus.

Chris voló tan fuerte como pudo a través de los árboles y las ramas. La tormenta empeoraba, con ramas que se rompían y hojas que soplaban por todas partes.

Esquivó las hojas y las ramas, cuando de repente una rama cayó justo frente a él. No tenía espacio para esquivar, y lo golpeó, enviándolo en espiral al suelo.

Cuando Chris despertó, la lluvia seguía cayendo, el viento todavía soplaba entre los árboles. No estaba seguro de cuánto tiempo había estado inconsciente, pero sabía que no podía fallarle a Emily. Él ya podría llegar demasiado tarde, ella ya se habría ahogado, pero tenía que buscar ayuda sin importar qué.

Comenzó a gritar tan pronto como vio la cueva.

"Todos, hey, todos! Emily necesita ayuda!

Voló directamente a la cueva, sorprendiendo a todos por su nueva habilidad. Sin embargo, sus rápidas palabras cortaron cualquier felicitación. Emily necesita ayuda! Se cayó en un agujero y se está llenando de agua. Se ahogará si no nos damos prisa! Prisa!"

Emily hizo todo lo posible por mantenerse alejada de los bordes del hoyo, donde los Braxton Boys la golpearon hambrientamente. Se estaba cansando, tratando de mantener su cabeza fuera del agua, y ahora ni siquiera podía tratar de salir más.

Kano le espetó de nuevo, pero esta vez se acercó demasiado. Cayó en el agujero, salpicando a Emily con agua fría y fangosa.

Jake y Markus incitaron a su hermano. Emily agitó las piernas, sus pequeños cascos patearon a Kano mientras él la mordía.

"Tráela!", Gritó Jake.

"Derecha, izquierda", dijo Markus.

Tráela aquí!

Chris podía escuchar a los Braxton Boys mientras volaba de regreso al hoyo, con sus amigos justo detrás de él. La lluvia caía en sábanas, relámpagos, mientras los dos grupos se miraban el uno al otro y a Emily y Kano, que todavía se sacudían en el agua, ambos luchando por no ahogarse.

Los Braxton Boys gruñeron ante la llegada de Chris y sus amigos.

"Mira, ambos sabemos que esta es una situación incómoda", dijo Markus. "Pero nos necesitamos unos a otros si vamos a ayudarlos".

"De qué estás hablando?", Espetó Jake. "Necesitamos comerlos, no ayudarlos!"

"No", dijo Markus. "Trabajaremos juntos y descubriremos el resto más tarde!"

"Trato!", Dijo Bobby antes de que pudieran discutir más. "Emily necesita ayuda AHORA!" Se acercó al agujero, con cuidado de no caerse, y vio a Emily y Kano luchando por respirar. "Consigue algunas enredaderas de árboles!", Gritó.

Ambos grupos trabajaron juntos para obtener las enredaderas de los árboles y hacer una polea para sacarlas. Emily agarró las enredaderas con la boca y Kano se subió a su espalda. Lentamente, Emily pudo caminar por el costado del hoyo con sus amigos tirando de ella y Kano, con Bobby como el ancla.

Cuando finalmente llegaron a la parte superior del agujero, Emily y Kano colapsaron en el suelo, respirando con dificultad.

Jake se abalanzó sobre Emily, tratando de morderla, pero Kano abordó a su hermano justo antes de probarlo.

"Qué estás haciendo?", Preguntó Jake mientras luchaban en el suelo mojado. "La tuve!"

"NO! No estamos haciendo esto ahora ", gritó Kano.

"Qué, te estás volviendo suave conmigo?"

"NO!", Repitió Kano. "Dije que NO AHORA".

Jake sonrió de lado. "Ok, Kano. Lo que tú digas. Él sacudió la cabeza y lentamente se dirigió al bosque.

"Espera, Jake!" Markus llamó. "Kano!"

"Estará bien", prometió Kano.

Markus miró a Kano con pesar y corrió para alcanzar a Jake. "Hey, espera ..." llamó.

Kano miró al grupo que lo rodeaba, luego a Emily, que le dedicó una sonrisa de agradecimiento.

"Gracias, sé que fue difícil", dijo Emily.

"No me lo agradezcas todavía", respondió Kano.

"Bueno, gracias por ahora", dijo.

Kano comenzó a caminar tras sus hermanos. Volvió a mirar a Emily y al resto del grupo, luego resopló y salió corriendo hacia el bosque.

Una violenta descarga de rayos iluminó el aire a su alrededor, seguido de un trueno lo suficientemente fuerte como para sacudir los árboles. La tormenta empeoraba.

"Volvamos a la cueva!" Jack gritó sobre el ruido.

Los chicos de Braxton regresaron a su campamento y Jake le preguntó a Kano: "Qué te pasa si ya no tienes el corazón para dirigir? tal vez deberías hacerte a un lado y dejar que un verdadero líder lidere "

Jake frunció el ceño a Kano como si estuviera listo para atacarlo. Markus parecía nervioso, sin saber lo que iba a suceder.

Intentó calmar la situación. "Vamos, amigos, podemos resolver esto", dijo Markus.

Jake y Kano dieron vueltas como si estuvieran a punto de atacarse entre sí, y mientras se lanzaban el uno al otro, un rayo brilló cuando su lucha se produjo.

Ambos tuvieron buenas mordidas y rasguños cuando Jake resbaló y cayó de espaldas en el tronco de un árbol. Una gran rama cayó sobre él mientras la tormenta continuaba, hiriéndolo.

Kano miró a su hermano y al instante se arrepintió de la pelea. Él y Markus corrieron para ayudar a quitar la rama del árbol que cayó sobre Jake y lo encontraron solo semiconsciente.

La cueva estaba seca y todavía tibia por el fuego que habían dejado en llamas. Emily se sentó más cerca del fuego, calentándose después de su largo tiempo atrapada en el agujero frío y húmedo. El viento aullaba afuera, compitiendo con la fuerte lluvia por el ruido.

El grupo escuchó lo que debió haber sido la caída de un gran árbol, seguido de un aullido que no fue el viento.

Fue un llanto dolorido.

Emily se levantó y se acercó a la pila de escombros que habían colocado cerca de la puerta para bloquear la lluvia y el viento. Vio a Kano acercándose a la cueva, ayudando a Jake a caminar con un brazo colgado sobre su hombro. Markus caminó a su lado.

Emily atrapó los ojos de Kano, y Kano hizo una pausa por un segundo. Pero Emily sabía que necesitaban refugio y comida desesperadamente, y comenzó a limpiar los escombros de la entrada antes de que Kano tuviera que preguntar.

"Vamos", dijo Emily, sabiendo que se estaba arriesgando al dejarlos entrar. Los condujo hacia el fuego, y los niños se sentaron alrededor agradecidos. Los gemelos y Chris ayudaron a poner mantas sobre los hermanos, y cuando Markus estornudó, Jack le entregó una taza de sopa caliente.

"Gracias", dijo Markus, dándole al conejo una pequeña sonrisa.

Jack se rió, luego Sammy y Pete se unieron. Markus y Kano también se rieron, hasta que todos menos Jake se reían.

Markus le dio un codazo a su hermano, y Jake también comenzó a sonreír y reír por lo bajo.

La hierba verde de la primavera comenzó a asomar del suelo previamente frío, y los gemelos salieron de un hoyo profundo bajo tierra. Alex llevaba puesto el casco, pero los otros dos solo vestían túnicas y llevaban tazas de café.

"Ponte a trabajar", les regañó Alex.

"Voy a volver a la cama", dijeron Adam y Aiden al unísono mientras caminaban de regreso bajo tierra.

Alex los siguió. "Vamos, muchachos. Tenemos mucho trabajo por hacer."

Unos minutos más tarde, los gemelos regresaron. Era primavera ahora, y una vez que Aiden y Adam se tomaron un momento para despertarse, estaban felices de disfrutar del cálido sol primaveral en lugar del interior de sus agujeros.

Chris estaba feliz de que también fuera primavera. El invierno con sus amigos había sido genial. Las criaturas que vivían debajo de la niebla no eran monstruos horribles después de todo, eran como él.

Y él también podía volar ahora! Levantó la vista hacia el cielo y vio que los pájaros regresaban a casa después de su largo invierno en Florida.

"Bueno, muchachos, creo que me tengo que ir", dijo Chris a sus amigos.

"Por qué?", Preguntó Pete.

"Creo que necesito estar allí cuando mis padres vuelvan para explicar por qué no los conocí en Miami".

"Entendemos", dijeron Jack y Emily juntos.

"Pero no seas un extraño", agregó Jack. "Tienes amigos aquí abajo ahora".

"Lo sé", respondió Chris.

Todos se acercaron a Chris y lo abrazaron. "No voy a decir adiós", dijo Chris. "Solo" nos vemos luego ".

Todos le sonrieron, y él se fue volando hacia su casa. Vio que su familia acababa de regresar, con su padre quitando las tablas de la puerta principal y abriéndola.

"Es bueno estar de regreso", escuchó decir a su padre con tristeza en su voz. Chris se dio cuenta de que todo este tiempo, sus padres no habrían sabido lo que le sucedió. Probablemente pensaron que estaba muerto.

Agitó sus alas más rápido y aterrizó ante su familia en un apuro. La conmoción y la sorpresa en el rostro de su familia fueron rápidamente reemplazadas por sonrisas felices y lágrimas.

Todos corrieron hacia él, agarrándolo y abrazándolo, su madre se aferró a él como si nunca quisiera dejarlo ir.

"Que pasó? Dónde estabas? "Preguntaron todos al mismo tiempo, sin darle tiempo a Chris para responder.

"Pensamos que estabas muerto", dijo su madre entre lágrimas.

Le dio a Nicole y Danny una mirada agradecida y los niños corrieron dentro de la casa. Los padres de Chris se quedaron para hablar con él sobre por qué no se había reunido con ellos en Miami.

"Lo siento", dijo Chris mientras confesaba omitir sus lecciones de vuelo y caer a través de la niebla porque no sabía cómo volar.

Escucharon mientras explicaba todo lo que le había sucedido, desde encontrarse con sus amigos, hasta que Emily casi se ahoga, hasta ayudar a los Hermanos Braxton durante la tormenta y el gran momento que había pasado con sus amigos durante todo el invierno.

"Nos tenías realmente preocupados", dijo su padre.

"Me alegra que estés bien", agregó su madre.

La madre de Chris entró y Chris se quedó con su padre y lo ayudó a quitar las tablas de las ventanas. Se acercó a la polea y miró. Sus amigos estaban abajo en la canasta de abajo.

"Papá, tengo a alguien para que conozcas", dijo, presionando el botón que levantaría la canasta.

"Qué estás haciendo?", Preguntó su padre.

"Ya verás", respondió Chris

Cuando la polea llegó a la cima, todos salieron lentamente. La familia de Chris salió de la casa y las aves y los animales del bosque se miraron con aprensión.

Chris presentó a los dos grupos entre sí. "Papá, mamá, estos son mis amigos de los que te hablé".

Jack se adelantó un poco nervioso. "Mucho gusto, señor y señora Robinson". Le entregó a la madre de Chris un ramo de flores de primavera multicolores que había recogido a continuación.

La mamá de Chris los aceptó amablemente. "Por qué no entran todos ustedes? Tengo el almuerzo listo.

Todos entraron, hablando emocionados mientras se conocían durante el almuerzo en una tarde de primavera.

El fin

EL INVIERNO MÁS LARGO

Escrito y creado por: T. Bradley

Editor: Jordyn McGinnity

Ilustrador: Max Alnutt

Lectores / Lectoras: Diane Tarver / Nicole Harris / Courtney Peterson / Joseph Andolina / Vicky Gibson / Nancy Lloyd / Vanessa Lemus / Lorraine Urbina / Ricky Santiago / Emma Anderson / Jyoti Sharma / Susan Cardona / Cassie Schmierer / Sharon Baker / Scott Douglas Constance Parbon / Jeannie Allen / Elissa Monk / Stacy Chambless / Nicole Bradley-Harris /Rosetta Bradley / Kevin Bradley/Sharon Baker/Rose Andolina.

Productor: Stephanie Bradley

The Robinsons

Chris   Henry   Mary   Nicole   Danny

Primera Edición

www.thelongerwinter.com

Publicación y Distribución por:

RSA Productions
P.O. Box 12246
Mill Creek, WA 98082

ISBN 978-1-09839-834-7
thelongerwinter@gmail.com

Vendrá después
La primavera más larga / El verano más largo / El otoño más largo

"LA SERIE MÁS LARGA"

EL INVIERNO MÁS LARGO

The Robinsons

Chris   Henry   Mary   Nicole   Danny